En el zoológico

por **Dana Meachen Rau**

Asesora de lectura: Nanci R. Vargus, Dra. en Ed.

Marshall Cavendish
Benchmark
New York

Palabras en imágenes

 animales

 árbol

 chimpancé

 elefante

 foca

 hoja

 jirafa

 pavo real

 pelota

 plumas

 roca

 serpiente

¡Mira a los
en el zoológico!

Mira al levantando
su trompa.

Mira al extendiendo sus .

Mira a la comiéndose una .

Mira a la descansando debajo de una .

Mira a la 🦭 jugando con una ⬤.

Mira al
trepándose
en un .

¡Mírame trepando como un !

Mirar a los
es divertido.

Aprende estas palabras

trepar subirse, usando los pies y las manos, para llegar a un lugar más alto

extender desplegar

levantar elevar

Entérate de más

Libros

Hoena, B. A. *The Zoo*. Mankato, MN: Capstone Press, 2004.

LeBoutillier, Nate. *A Day in the Life of a Zookeeper*. Mankato, MN: Capstone Press, 2005.

Zoehfeld, Kathleen Weidner. *Wild Lives: A History of the People and Animals of the Bronx Zoo*. New York: Alfred A. Knopf, 2006.

Videos

Balaban, Larry. *A Trip to the San Diego Zoo*. Genius Products, 2004.

Stein, Garth. *A Day at the Zoo*. Katzfilms.

Sitios Web

Bronx Zoo
http://www.bronxzoo.com/

San Diego Zoo
http://www.sandiegozoo.org/

Smithsonian National Zoological Park
http://nationalzoo.si.edu/

Sobre la autora

Dana Meachen Rau es escritora, editora e ilustradora. Graduada del Trinity College de Hartford, Connecticut, ha escrito más de doscientos libros para niños, entre ellos, libros de ficción histórica y de no ficción, biografías y libros de lectura para principiantes. Le gusta ir con sus hijos al zoológico de Beardsley en Connecticut.

About the Reading Consultant

Nanci R. Vargus, Dra. en Ed., quiere que todos los niños disfruten de la lectura. Antes era maestra de primer grado. Ahora trabaja en la Universidad de Indianápolis. Nanci ayuda a los jóvenes a prepararse para ser profesores. Le encanta llevar a sus nietas Corinne and Charlotte al zoológico de Cincinnati, uno de sus lugares favoritos.

Marshall Cavendish Benchmark
99 White Plains Road
Tarrytown, NY 10591-9001
www.marshallcavendish.us

Library of Congress Cataloging-in-Publication Data

Rau, Dana Meachen, 1971–
[At the zoo. Spanish]
En el zoológico / por Dana Meachen Rau.
p. cm. – (Benchmark rebus)
Summary: Introduces various animals at the zoo through simple text with rebuses.
Includes bibliographical references.
ISBN 978-0-7614-2777-3 – ISBN 978-0-7614-2610-3 (English ed.)
1. Rebuses. [1. Zoo animals–Fiction. 2. Zoos–Fiction. 3. Rebuses. 4. Spanish language materials.]
I. Title.
PZ73.R27785 2007
[E]–dc22
2007017162

Spanish Translation and Text Composition by Victory Productions, Inc.

Photo research by Connie Gardner

Rebus images, with the exception of the chimpanzee, provided courtesy of *Dorling Kindersley*.

Cover photo by Frank Pedrick/The Image Works

The photographs in this book are used with permission and through the courtesy of:
*Pinto/zefa/*CORBIS: p. 2 (chimpanzee); *Photo Researchers*: p. 5 Mark Newman; p. 7 Will and Deni McIntyre;
p. 13 Larry Miller; *Minden Pictures*: p. 9 Tui De Roy; *Corbis*: p. 11 Yann Arthus-Bertrand; p. 15 Chris Collins;
p. 21 Gerald French; *Jupiter Images*: p. 17 Oxford Scientific; *Alamy*: p. 19 John Terence Turner.

Printed in Malaysia
1 3 5 6 4 2